ISBN : 978-2-9588364-1-2
Dépot légal Avril 2024
EURE NORMANDIE
Loi n° 49-956 du 16 juillet 1949 sur les publications destinées à la jeunesse - Avril 2025

Secret de serpent

Louise DIVRY
Illustrations : Sylvie COUTUREAU

À mes trois enfants, Clémence, Pauline et Léo.

*Pour que vous n'ayez plus peur dans le noir,
voici mon histoire.*

Il était une fois

une petite fille blonde comme les blés.

Elle était parfois

un peu dans son monde, imaginé.

Lou était rêveuse, mais curieuse aussi.

De ses yeux bleu clair,

elle scrutait son univers,

en observatrice des repères de sa vie.

Elle avait deux petits frères,
une mère, un père,
des grands-pères et des grands-mères.
Et toute une ribambelle de cousins,
avec qui faire des batailles de coussins.

Chaque été, Lou partait au bord de la mer,
accompagnée de sa famille entière.
Ils aimaient pêcher,
et crapahuter
dans les rochers.

Mais un jour, son grand-père
s'approcha d'elle, sur le canapé
du salon de la maison saisonnière.
Près d'elle, il fit un geste qu'il n'aurait pas
dû faire.
Lou n'a pas osé bouger
lorsqu'il toucha à son intimité.
Et elle a gardé ce vilain secret,
de peur de le dévoiler.

Lou ne savait pas que personne n'a le droit de faire cela.

Lou ne savait pas qu'il ne fallait pas garder cela pour soi.

Lou ne savait pas qu'en fait, cela ne devrait pas être un secret.

Cela s'appelle l'inceste et c'est interdit,

Mais ça, personne ne le lui avait dit.

Un serpent l'avait attaquée, et son venin faisait son effet pour l'empêcher de parler.

Puis elle grandit, elle eut des amis mais jamais elle n'a parlé de ce qu'elle avait subi.

Lou n'avait pas beaucoup de chance,

car elle dut garder le silence de beaucoup d'autres secrets qui n'étaient pas de son fait.

Les serpents la suivaient et ils continuaient de répandre leur venin sur son chemin.

Quand Lou est devenue adulte, elle était triste tout le temps.

Parce qu'il y avait trop de tumultes dans sa vie, à chaque instant.

Un jour, c'était devenu trop lourd, de se taire.

C'est ainsi qu'elle a écrit ses premiers vers.

Sur une feuille de papier, elle pouvait se confier.

Et y déverser tous les secrets qu'elle avait gardés.

Pour les transformer en quelque chose de joli, grâce à la poésie.

Entre-temps, Lou était devenue maman, de trois adorables petits enfants.

Elle a retrouvé son sourire, au son de leurs rires.

Mais les serpents rôdaient toujours,
autour de Lou et de ses amours.
Alors, pour protéger ses enfants
de ces méchants serpents,
elle décida de livrer combat.
Avec pour seules armes
les poèmes issus de ses larmes.

Lou rassembla tous les petits papiers
recouverts d'encre, tachés,
qu'elle avait accumulés.
C'est ainsi que naquit
le premier livre qu'elle publia.

Elle y dénonça tous les serpents qui l'avaient blessée au fil des années.

Plus elle parlait, plus le venin sortait et plus les serpents fuyaient.

Car ces serpents ont peur de leur propre malheur en mordant de douleur.

Lou était soignée maintenant.
Libérée des serpents,
elle put vivre heureuse
et être mère-veilleuse
auprès de ses trois enfants,
jusqu'à la fin des temps.

Fin

www.ingramcontent.com/pod-product-compliance
Lightning Source LLC
LaVergne TN
LVHW071657180726
843512LV00002B/476